LA VIEILLE DAME QUI AVALA ZIG ZAG

Tedd Arnold

Texte français d'Isabelle Allard

Éditions **SCHOLASTIC**

Pour Marissa, Benjamin, Ethan,
Gary, et Amy... bien sûr!
— T. A.

Catalogage avant publication de Bibliothèque et Archives Canada

Arnold, Tedd
[There was an old lady who swallowed Fly Guy. Français]
La vieille dame qui avala Zig Zag / auteur et illustrateur, Tedd Arnold ; texte français
Isabelle Allard.

(Zig Zag)
Traduction de: There was an old lady who swallowed Fly Guy
ISBN 978-1-4431-3612-9 (couverture souple)

I. Allard, Isabelle, traducteur II. Titre. III. Titre: There was an old
lady who swallowed Fly Guy. Français.

PZ23.A754Vie 2014   j813'.54   C2013-907963-7

Édition publiée par les Éditions Scholastic, 604, rue King Ouest, Toronto (Ontario) M5V 1E1.

5 4 3 2 1   Imprimé au Canada 119   14 15 16 17 18

MIXTE
Papier issu de
sources responsables
FSC
www.fsc.org   FSC® C103113

10%

Ce garçon s'appelle Biz.
Son animal de compagnie
est une mouche.
Personne ne sait pourquoi
il a choisi une mouche.
Il l'a appelée Zig Zag.

Chapitre 1

Un jour, Biz se rend
chez sa grand-mère.
Zig Zag, sa mouche,
l'accompagne.

La grand-mère est
heureuse de voir Biz.
Elle court lui faire
un câlin.

— Bonjour, mamie! dit Biz.
Je te présente mon animal...

La grand-mère dit :

GLOUP!

et elle avale Zig Zag.

Biz ne comprend pas pourquoi
elle a avalé Zig Zag.

Chapitre 2

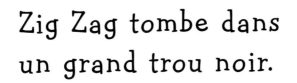

Zig Zag tombe dans
un grand trou noir.

Elle se retrouve dans
un endroit humide.

Elle regarde autour d'elle.
Puis elle décide de partir.

Elle s'envole vers la sortie.

Mais la grand-mère
avale une araignée
pour attraper Zig Zag.

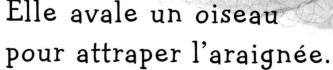

Elle avale un oiseau
pour attraper l'araignée.

Elle avale un chat
pour attraper l'oiseau.

Elle avale un chien
pour attraper le chat.

Elle avale une chèvre
pour attraper le chien.

Elle avale une vache
pour attraper la chèvre.

Chapitre 3

La grand-mère s'apprête à avaler un cheval pour attraper la vache.

— Je suis là! crie Biz.

Zig Zag ressort enfin.

L'araignée, l'oiseau, le chat, le chien, la chèvre et la vache ressortent à leur tour.

Et ils vivent heureux
tous ensemble, bien
entendu!